JN189389

歌集

つき　みつる

志野暁子

角川書店

つき　みつる

目次

I

装幀　南　一夫

歌集　つき　みつる

志野暁子

I

初蝉

ひと日生きて残り世ひと日費（つひ）えたり　今日初蝉を夫はよろこぶ

余命といふこの世の時間――夫と歩む　小鳥来るさへよろこびとして

生、老、病、生きて残れる死までしばし　今朝は郭公のこゑを聞きたり

楠若葉ひかりこぼせり　車椅子に笑み穏やかに夫の撮らるる

消ゆるもの〈いのち〉残れるものは〈ことば〉万葉集巻の一今宵もひらく

かの世この世いづくか境あるものを今朝わきいでて曼珠沙華咲く

秋天の奥処より降る鳥のこゑ　音に引力あるこのゆふべ

秋草の花に一会の思ひあり　つゆけき萩を夫の辺にさす

汗ばみて午睡より覚む　病むひとのこの世の時間　梔子咲く

花咲き花散りはてしサフランの跡なき土に夕べ雨降る

未来といふ手つかずの時間未だありて春の日パスポート更新に行く

境涯を啼くこともなし　雪空に麒麟まつすぐに首のべて立つ

車椅子

〈おーい〉呼べばおりてきさうな春の雲　介護タクシー夫と待ちをり

車椅子――地（つち）よりの音聞く高さ　落葉　水音　虫　死者のこゑ

車椅子にまつはる蝶が舞ひあがりその影消ゆる高さ見てをり

欲しいのは〈ひとりの時間〉言ひかけて〈ふたりの〉と言ひ直すまでのためらひ

あめんぼの遊ぶ池水　この寺の栄枯映して来し空があり

水面(みなも)いま楽(がく)鳴りてゐむあめんぼが群るる水の輪重なりやまず

まだわれを恃みて生くるひとがある　白梅明るきこの世の時間

むかし二人　いまも二人　他の生きを知らず残りの萩に月照る

花サフランふいの訃報のごとく咲き老老介護を憐れまれゐつ

さくら貝

さくら貝は九月の花びら　あかときの渚をわれは素足に歩く

薄き翅畳むにも似てサフランの花閉ぢしのちながきゆふぐれ

秋の日のなぜに短き　サフランは地にわきいでて葉を待たず咲く

ねばならぬをすつぽり脱いだやうな空　鬚を剃りやることも覚えぬ

死後といふ限りなき世のはじまりを思へり　何を言はば足らふか

思ひいづるは忘れゐるゆゑ彼岸花死者は生者を忘れざらむに

手折りても手折りても彼岸花紅し　〈老いは子に順（したが）へ〉といふこゑのする

ふたりの時間

睦まじき老いと見ゆらむ平衡感覚薄れし夫の手をひき歩む

昼眠り夜を覚めゐる夫と見る掃出し窓の四角の月光

夜半覚めてふいに言ひいづ「帰らうよ」夫よこの世のいづくに帰る

「家へ帰らう」いそいそと靴を穿く夫をデイケア迎へのバスに乗せやる

「帰らう。でも帰るところが無いのかな」夜ふけて夫がさびしげに言ふ

古代絵のスカラベのごとく車椅子押しなづみをり　秋の坂昏るる

咲きさかるさくらも老いて病むといふ　介護ながきを労られゐつ

新年（にひどし）に咲（ひら）かむ莟あまたふふむ緋寒ざくらの鉢もとめ来ぬ

逝くことは忘らるること沿ひてゆく秋冷の河水にほひたつ

使ひ古りて十年夫の杖に触るる菊の冬芽の菊の香もたず

車椅子の夫と今年のさくら浴めり　われには一生(ひとよ)の記憶とならむ

コスモスに風の時間　庭に日ざしの時間　われが車椅子押すふたりの時間

月の蝕

脱皮しましたといふやうに球根を埋めたる土のにほひ鮮し

まだ動く言葉ひとつ掌に蝕の夜の銅色の月仰ぎてゐたり

蝕終へて月の明るき駅の広場　肩ぐるま高くこどもが通る

蝕終へし月冴えて木木に影もどり椿の葉群さざなみとなる

花も雪も二人こそよけれひとりより二人見る月さびしきものを

言ひ足らぬことばののちを手つなぎて寝ねむとす　月の蝕をはりたり

ふるさとの海

国生みのときはあかとき　海の面（おも）もり上がりもりあがり海月群れをり

真野の里いまだ眠れり入江ふかく潮満つる音身にひびきくる

凪ぎわたる夏のあかとき。漕ぎいでてわれの領たり。ふるさとの海

国生みの代を惟(おも)ふまで海原を染めて陽はいづ　佐渡の朝明け

はねいでし魚ひるがへり海の面(も)に小柄(こづか)のごとく刺さるときのま

網揚ぐるたまゆら魚群湧きたちて火花のごとく鱗とび散る

男衆が鱗とばしつつ網揚ぐる力あるこゑ海を圧(お)したり

漁(いさ)り終へ帰る船に在り　明けてゆく大海原の芯にわが立つ

あかときの浜に糶(せり)待つひとら集ひ海猫を率(ゐ)て船帰りくる

朱鷺（とき）の島

仏陀成道の味爽（よあけ）のごとし明けの星きらめく海へ船出せむとす

〈佐度ノ嶋生ミキ〉古事記（ふることぶみ）に誌さるる島山あをきわれのふるさと

淡路、四国、隠岐、わが佐渡は七つめに　古事記に誌す神代かがやく

ふるさとをわが行きゆけど稲の秋朱鷺をやしなふ田も色づきぬ

ふるさとは母の忌の秋たましひにしみとほり鳴る入相の鐘

逢ひたきは在(ま)さぬふるさとの秋ふかし　藻を焼く烟風に揉まるる

朱鷺の棲むあたりと指され目を凝らす日照雨降る刈田かすめり

ふるさとの海に没る陽と対(む)かひをりあつきこころのたぎちゆくまで

輪廻転生われはいづちの誰の裔　植田のにほふふるさとに来ぬ

遠流、天領、金山、苦役の島なりき　歌枕ならば海(わた)のまほろば

手を鳴らし田にゐる朱鷺を追ひたりき羽裏夕日に美しかりき

ちちははよりそのちちははより安らかに生き得しや　今日八月に入る

記には〈佐度〉書紀には〈佐度洲（さどのしま）〉とあり　ここに祖（おや）よりいのち継ぎきぬ

生き残るはらから四人忌に集ひ父母在りし日を語りて尽きず

とほき世の配所に祖（おや）の嘆きけむ今日わが仰ぐふるさとの月

ふたりの昭和

雪やみし夜のしづけさ　これの世の大天地（おほあめつち）にわれらしかをらず

寝つかれぬ夫のため夜半アルバムに〈ふたりの昭和〉手繰りてゐたり

つなぐ手を解きて眠らむ夫に夫のわれにはわれのいのちあれかし

虹消えし空の明るさ無患子（むくろじ）はびつしりとまろき珠かかげをり

平衡感覚よわれる夫の手をひきて歩む　左の頬ばかり見て

雪国生まれの夫と見てをり舞ひながら土に届かず消ゆる淡雪

生きてあらば母百歳となる朝(あした)　庭の枯れ菊に積みて雪降る

老いていよよ母に似るとふ長女われ形見の紬着つつさびしき

耳もとに口寄せゆつくり話すとき濁音するどし日本のことば

雪かづき竹起きなほる夜の音に覚めをり　明日はひとに別るる

雨過ぎて冬至芽鮮し　継ぎて来しいのち継げよと生まれしわれか

冬の虹消えてつゆけき空あふぐ　遠からず来むその日は思はず

嫩葉

梅散つて嫩葉(わかば)に間あり　入学の子に木の匂ふ机がとどく

入学を待つ子の縄とび　日は暮れて月の光が地を濡らしくる

向日葵いろの傘いつぽんにひとりづつ一年生が笑む　春の校門

一年生百五十人が遠足の列をゆき麒麟がじつと見おろしてをり

動かないゴリラとはしやぐ一年生とレンズにあふるる遠足日和

跪(ひざまづ)く　欠伸　にれがむ　泪ぐむ　春の駱駝を見てをり　飽かず

膝折りて春の駱駝も老いふかし　あはれ汚れて反芻(にれが)みやまず

夕空に麒麟の頭(かうべ)昏れのこり仰ぎたるとき見おろされたり

洗はれてしづく垂りつつ立ち上がる麒麟の瞳何いろなりしか

つぎの世も象がいいかい　睫毛ながく小さき眼まばたきゐる象に言ふ

リュックおろす背より花びらこぼれきて象の睫毛の長かりしを言ふ

節まはしむかしのままに幼子が幼子呼びをり　あそびましよ

宿題の片仮名書きつつ好きなのは体育、図工、給食よと言ふ

「さんすう」の宿題に知る一グラムとは一円玉もて計る重量

一年生八十メートル走のゴール前わが子わが子とカメラが並ぶ

初秋の白雲高し　騎馬戦の勝ち馬帽子を空に投げ上ぐ

買ひて貰ひし仔兎胸に抱きしむる幼とバスに隣りて坐る

今年ばかりと思ひつつ飾る古雛（ふるひひな）　ポニーテールの一年生と

朝鳥のこゑの明るさ　音読のこゑのすがしさ　春が近づく

かごめかごめ唄ふ幼き輪のなかに瞑（つむ）りて一本の蕊となりゆく

塔

春の塔、木立、廻廊、雨あとをしづく垂るるものみな光もつ

とほき代のをとめとなりて雨水の映す丹(に)を踏み塔に近づく

見上げゐる吾を見たまはず　み仏の半跏思惟像指うつくしき

ほつそりと百済仏は立ちいます素足の指にちから満ちたり

水瓶(すいびやう)に添ふる左手(ゆんで)のなにかやさし　百済みほとけ胴ほそく佇つ

一木に百済仏を彫りいでしひとのはげしきこころ憶ほゆ

東大寺、法起寺、法隆寺、興福寺、やまと国原塔うつくしき

稗田阿禮生れしあたりと指させり　雨にけぶれるその草深野

舎人(とねり)稗田阿禮生まれしは米実らぬ貧しき土地と聞きておどろく

天智紀に法隆寺炎上〈大雨(ひさめ)ふり雷(いかづち)震(な)る〉とみじかく誌す

書紀に読む法隆寺炎上〈一屋(ひとつい へ)も余さず〉とその惨を誌せり

塔のうへ星ひとつ出でいかるがは夕べの景に変りはじめぬ

秋山われは

「山の辺の道ここより」と誌す道しるべ手を触れてわが歩みはじめぬ

門跡寺杉木立くらき暗道に春の雨降る音のひそけさ

左初瀬川右大和川名をわかち春の水ゆく橋をわたりぬ

耳梨も畝傍も活ける火の山とふ大和国原春の靄たつ

山の辺の道尽きてまた道はあり　この道ゆきしひと憶ほゆる

やみてまた降る春の雨道のべの仏の頭巾もしづくしてをり

訪(おとな)へば京(みやこ)は紅葉づる風のなか〈秋山われは〉王(きみ)のこゑする

生没年本名未詳　女(ひと)は過ぎ時代も過ぎて歌はのこれり

杏仁形（きやうにんぎやう）みひらく仏仰ぎをり　千四百年はるけくあらず

花白き蒲公英の原に見はるかす明日香の里は春光のなか

秋日和

ほの暗きみ堂に踏まるる天(あま)の邪鬼(じゃく)童子のごときまるき耳もつ

障子閉(さ)して三十三間堂秋日濃しとほき世の闇も内に湛へて

秋日和済度に出でむといふこゑす　千体の仏並ぶ奥より

清水の舞台に紅葉観るひとを舞台の木組みの底より仰ぐ

春は日の秋は焚く火のぬくとさを恋ひつつ人は文字紡ぎけむ

指折りて歌を作りしころ憧れて読みたる藤井常世さん逝きぬ

生すでに四苦の始まり　身のうちを見よと鮟鱇口あけてゐる

いのちあるもの

釈尊の涅槃の夜の満月に重ねて仰ぐスーパームーン

脚痛む夜ふけに思ふ　伝導の仏陀は何を穿きていまししや

クレヨンの水色ありて空色の無きゆゑ空は水色で描く

座るたび子を呼ぶ鯨のこゑに鳴るわが椅子古りて軋らずなりぬ

髪切りてきてこころ軽し　白木蓮ゆふべ花びら落つる音する

アンテナに嘴(はし)太く立つ鴉ゐてあかときの街統べゐるごとし

生まれては消えまた生まるるしじみ蝶車椅子押す膝丈出でず

その首に連れてくれなゐの脚動く鳩のうしろをこどもが歩く

からす瓜ゆふべ仄かに咲（ひら）きたり老いてぽつくり死をおもふ夜のある

紫蘇の花こぼれて白し萱の斎院後白河院を父に生まれし

美しき死などあらずと知りたるは絨毯爆撃に遭ひし夜なりき

川遡(のぼ)る鮭を見てをりいのちつなぎいのち終へむと帰るふるさと

ひしめきて川さかのぼる鮭の群れ　いのちあるものは先を諍(あらそ)ふ

生(しやう)あるもの魂ひとつ持つ不思議　思ひて曲る角を違へぬ

忘却と思ひ出せないことの違ひありや　薄氷(うすらひ)音たてて踏む

冬ざれの土労(いたは)るか一枚の真綿のごとく春の雪積む

朝刊の不明者の数いつか消えて人はかへらず　冬ふかみゆく

夏落葉

夏落葉まだあをきまま散りしけり　その陰の土涼しくあらむ

曼珠沙華爆ずるごとく蕊噴きいでぬ　逆縁をまだわれは知らざる

もういいよ　誰か言ふらむその日まで豆など煮てゐるわれでありたし

落葉降る銀杏並木を歩みをり　視野のかぎりを引力満つる

いのち尽くるまでの時間　尽きしのちの時間　何ごともなく花は咲（ひら）かむ

終るとき旅はさびしも霧ふかき街ゆきて濡れしセーターを脱ぐ

しづまりて影生まれいづ　影落としあめんぼ思はぬ量感をもつ

あめんぼの脚に生まるる同心円さざなみとなるゆふぐれの水

みづすまし腹背二対の眼に見ゆる岸にゐるわれ水の面(も)のわれ

昨日何もなかりし土に秋の雲の破片(かけら)のごとくサフラン咲(ひら)く

サフラン咲くそこのみ夕べの土明るし　ほろびにむかふ秋草のなか

車椅子の轍つけゆく雨上がりきららに秋の白雲を踏む

いつぽんと呼びたき暗さ冬空に麒麟は大き耳ひるがへす

終りまた次のはじまり　紅葉掃きよせて裡なる火を育てをり

幼子と吹くしやぼん玉陽に映えて無数の虹の空に吸はるる

垂直に木賊（とくさ）に注ぐ秋の雨　訃報伝へて回覧板くる

真珠湾

仰げば天の青　ふりむけば海の藍　障(さや)るものなきそのあはひ航(ゆ)く

高度いま八千メートル果てしなき青のなか航(ゆ)く　鳥のこころに

時間未だ無き世のごとく海月なす雲ただよへる雲海見おろす

ホノルルシティ　メモリアルデーひとに紛れ花持ちてゆく異教徒われも

十ケ国の混血といふ通訳の胸張れり　わたしの母国はアメリカ

季節なき暮らしの簡素を君は言ひ四季の豊かさをわれは語りぬ

忘れたきわれら　決して忘れぬ彼ら　並びてアリゾナ館に撮らるる

真珠湾船の灯ともり水暮れて沈めるままに死者はかへらず

真珠湾夕映え穏(おだ)し　歳月もて解けざるひとのこころを思ふ

降る雪のみるみる蜂の群れに変り時差のもの憂き眠りより覚む

海はひとつ世界つつむといふときに戦さの世紀はつか明るむ

怨みもて怨み鎮まらじこの湾に満つる潮やがて日本にとどく

手を浸す波あたたかし真珠湾のこの水地球のいづこにもゆく

夏木立

とほき祖(おや)の配所の島を生きかはり死にかはり継ぎてふるさとと呼ぶ

夏木立黝ずむ上に磨崖仏ぬきいでてその目鼻影濃し

流人船着きし渚と伝ふるのみひとの跡なき砂のしづまり

承久の変　正中の変　敗者つひに敗者のままに流罪に果てぬ

島送り、島抜け、島守、島帰り、島の史実に死語生きてゐる

さびしげにおまへはいいなあと父の言へり　いづくに逢ひし夢とも分かず

父も母も九人兄弟〈実家〉とは大き囲炉裏と人の輪ありき

農耕馬栗毛の牡の名忘れたり　朝草刈りし鎌匂ひゐき

後シテがしづかに脱ぎし能衣裳納めて農夫の顔に戻りぬ

市制しきて失せし字（あざ）の名バス停の名に拾ひゆくふるさとに来て

人住まずなりて久しき父母の家　柿　栗　葡萄　熟れてゐるなり

乱れたる夕ぐれの椅子生まれ家はいちぬけ　二ぬけ　もう誰もをらぬ

〈ごはんだよ〉母のこゑする門閉ぢて庭の小石を拾ひて帰る

つぎの逢ひ約さず父母の墓を去る　姉弟誰もだれも老いたり

大家族ちりぢりにして継がれ来し古家ひとつここに畢(をは)んぬ

一本の弓

夕空は介護保険証いろ　投げ上げた帽子ふうはり掌に戻りきぬ

一本の弓もてふたりでチェロを弾くやうなり　夫の介護二年め

介護とはこの世の夫とわれの時間　縒（よ）りつつ生きることと知りたり

郭公のこゑひびきて朝の空つゆけし　聾（みみしひ）たれば夫には告げず

出口しかもう無いこの世と思ふ夜を冴えざえとして星は降るなり

垂直線背におろすごとくエプロンを結びて今日の介護にむかふ

余命知りて涯(はたて)見えたり　聖樹灯し夫のよろこぶ時を愛(かな)しむ

「何もしない時間のための楽」流れ介護棟しづけき午睡の時間

ニュースまづさくらの開花告ぐる朝われは昨夜の皿洗ひゐる

室咲きの風信子咲けり　襁褓にも馴れゆき夫はわらしにかへる

積む落葉踏みゆく人と白犬とさびしき足音（あのと）ひとのたてゆく

ふりむけば道とほく来ぬ　街ぢゆうのさくらが咲いてひといろに染む

四囲上下花降りやまず　いのちありて今年のさくら夫と仰げり

今年の花終らせて降る昼の雨　若菜みどりに茹であがりたり

迷路

古池のみづ湧くひかりの芯にゐてあめんぼは大き輪をひろげをり

一つの輪に一つあめんぼ十（とを）の輪に十のあめんぼ　いのちしづけし

ぎんやんまよぎりし視界揺れやまず　夫の病名五つとなりぬ

身を隠すすべあらざるは酷きかな　とほく雪原に足跡つづく

病名五つ肩書きのごとく記されて夫に施設入所案内とどく

申請書、申告書、報告書、また契約書、バスに日傘を忘れてしまへり

予定なき時間ゆつたり夫をめぐる秒針のごときわが時を容れ

押し引きつ夫の車椅子移したり太極拳の間合ひをおもふ

溝、段差、凹凸多し櫨紅葉見せむと車椅子押してゆく町

車椅子の夫の触れゆく彼岸花いつぽんいつぽん濃き影をもつ

探しても探しても出口見つからぬ迷路　ほつこり鳩など出ぬか

死は誰にも唐突に来む譬ふれば暗がりに段踏みはづすごとく

東京にも無人駅ありおりたてば萩咲きゆつくり遮断機あがる

病みて臥すひと日は長く九十二年の時間つくづく短きを言ふ

四階の病室にふたり見おろせり　今年ばかりの花うつくしき

咲くまでの月日　散りたるのちの月日　背戸のさくらを風わたりゆく

Ⅱ

木と問はば

木と問はばさくらと言はむ　苔(ふふ)むさへ散るさへひとのときめくものを

車椅子にしだるるさくら眼閉ぢつつ手触れて花のつめたきを言ふ

夜の空に見えねど雪の降りやまず　掌にうけてあはれ雪はにほへり

さかあがりいつまでもひとり鉄棒に見てゐき　逆さにしだるるさくら

耳とほきわれが遅れて笑ふさまガラスに映るわれが見てゐつ

脱出口そこにありやと思ふまで残りの萩に月さしてをり

避難路を確かめむと来し裏階段夜闇の奥にさくら散り頻(し)く

尋(と)め来つつ堅香子の花翳りたり　帰らむ　われを待つひとりあり

明日のため筆談ボード拭ふなり夫のやすらぐよき言葉あれ

ひいやりと寝汗ひきゆく昧爽をわれはしづかに発光はじむ

思ひきり花ふぶき浴ぶ死はとほき彼方にありと思はるるまで

左の耳

のぼりつつ薄衣（うすぎぬ）まとひ翳（か）くる月　夫の入院二日めの窓

寝つかれぬ夫のため読む『藤村詩集』ながらへて介護四年めに入る

しばらくをふたりの時間あるごとし　散りしく椿の花につまづく

落葉散りやまぬ気配す　老いふたり夜をしはぶくを子は聞きゐむか

さまざまの汚れもの洗ひし手を洗ひ寝ねむとして聞く梟のこゑ

震ふ手のふるへそのまま文字に出でて夫が署名す介護契約書

椿散つて掃かれずにあり病むひとに介護度改訂通知来てゐる

乾きたる落葉の音を踏みてゆく　土にかへるまでのかすかなる音

筆硯洗ひしやうに日の暮れて夫に買ひたる蜜柑が重し

舞ひあがり散りくる落葉いとしさがあはれ憎さに変るときある

点滴に右手繋がれてゐる夫の左の耳に今日はもの言ふ

左側左手つねに空けておく立居あやふき夫の定位置

苦しみも痛みもわかつすべを知らず　よりそひてただきさくらを仰ぐ

今日こそは昨日(きぞ)より手厚くせむと思ふ　介護度ひとつ上がりし夫に

膝つきて掬（むす）ぶ清水の流れはやし　われを頼れるひとりまだある

コスモスに風生まれをり　身に沁みて老いまた病（やまひ）書けば一文字

耳もとに口寄せて寿詞（よごと）言ひかはし年あらたまる　いのちありけり

霧

遠き郭公　近きうぐひす　霧ふかき天地のあはひに耳はするどし

のぼり来て何せむ霧の高原にあさぎまだら一つゆうらりと翔つ

四囲めぐる山脈あをく見え隠れ霧の高原風吹きわたる

秀つ枝より落葉松の幹伝ひつつ降る霧白し　中空に消ゆ

霧のなか方位感なく声は降り泳ぐかたちに人あらはれぬ

枯蟷螂拾へり　虫も人の死も同じ字を書くその文字思ふ

湿原はいまだ目覚めずいのちあまたふふめる土の弾力を踏む

腰掛石

雷雨きて出航遅るる桟橋の杭ひとつづつ海猫の占む

河港出でて波の土色消ゆるころ船は加速す　汽笛鳴らして

ちちははの骨抱きて航(ゆ)きし日のありき潮の目明き越佐海峡

死して帰るふるさとならず藻を残し潮ひきてゆく磯を見てをり

過疎しるきさびしき町に歩み入る　いづくか子らのこゑ聞こえこよ

井戸を汲み火を焚く暮らし母の世は餓ゑを知りゐき杳くなりたり

蓋とればわが顔映せり　ふるさとの古井戸水より闇のにほひす

逃れ得しはひとりさへ無き金山(きんざん)の無宿の墓の地縛りの花

水替無宿名もなき墓の苔ふかし間なく雪降り雪が埋むる

百人一首遠流の帝を百番におきしこころやおかれしおもひや

時ここにとどまれとごとく老世阿弥の腰掛石あり　秋草のなか

合歓咲ける遠流の島に赦されて「砧」書きたり老いし世阿弥は

道の辺に薄く乾ける蛇の衣退(きぬしりぞ)くことをしらぬ形す

父母はらから祖父祖母の墓訪ひめぐるふるさとは花萱草の季(とき)

ふるさとと〈母〉と同義でありし日のままに母在り　瞑ればいつも

日向日陰

虹ほのかにかがふるごとし合歓の木に合歓の花咲くふるさとに来つ

合歓の木に合歓の花咲く季（とき）を来しふるさとの南風（はえ）潮の香のする

捕る鬼も奪らるるあの子ももうをらぬふるさとはとほき夕焼けのなか

〈堅香子（かたくり）はもう咲きましたか〉ふるさとへ春の手紙を書いてゐるなり

茎たかく煙草花咲く畑ひろし　逢ふひとのなき父の里過ぐ

烏賊を干す日向日陰（ひなたひかげり） 歩みきてゆきどころなき死者とゆきあふ

逢ひたきはいまさぬふるさとさすらへば稚（をさな）きわれがいづくにもをり

花菜の粒噛めばおもほゆ浅漬けを好みしといふ壮（わか）き沼空

天(そら)に月　海原に月　そのあはひ航(ゆ)くわが船もはつか光(て)りゐむ

津波となり寄せたる潮も混じるならむ　海原を航(ゆ)きこころさわだつ

水夫(かこ)ならばをのこらを率(ゐ)て船出せむ　海潮(うなしほ)あをく月昇りくる

踏み絵

介護度の上がりしは夫に告げずおかむ　雨の裏木戸軋ませて閉づ

伸びし枝払へばあはれ紅梅の切り口なべてくれなゐふかし

もののふが鍔にひそかに禁制の十字彫りゐしこころおもほゆ

踏み絵つひに踏まざりしさま伝はれり十字架小さき島の教会

現在（いま）ならば今なれば言ふまづ生きよ生きてこそと声はとどかざりしか

キリスト像ともマリアの像ともわかぬまで磨滅はげしき踏み絵のこれり

いのちより重きはあらずと思へども踏み絵に対(む)きてゆらぐものあり

踏めよとぞきよきこゑしてさんたまりあわが足裏に添ひ給ふなり

耐へられぬ痛みを神は与へずとモルヒネ拒み友は逝きたり

落日のはなやぎ消えて夕雲のいろしづまりぬ　日本海凪ぐ

「死ぬための生き方」といふポスターあり春雨の傘傾けて見る

冬晴れの空に脱出口あるごとし　夫と飛行機雲を見上ぐる

夜をこめて気配かそけく散るさくら　見えざればなほこころさやげり

観覧車まばゆくわれに手を上げて幼子のぼる無窮の天へ

子つばめ

パール工業の軒に今年も来しつばめ　幼と見にゆく廻り道して

マンションばかりの町に生まれし子つばめの遥か越えゆく海原おもふ

口ばかりの子つばめ三つ見上げをり　親鳥にじつと見つめられつつ

子つばめひとつ残して親鳥翔ちゆけり　迎へ盆今日終日快晴

音もなく真夜ファックスは文字を吐く　老母の転倒骨折告げて

灯ともさず昼の梟のやうに坐(ゐ)る老女がわたしを生んだひとです

手をつなぎゐしと思ふにかごめの輪いつしかぬけて母はいづくに

銀杏もみぢ散り散る散れよほうと佇つ母のたましひ帰りくるまで

ぬくもるまで手つなぎをればたましひとたましひもまた　野紺菊摘む

母と子の相似鮮し　縞馬の背の縞模様のたがひちがひも

停まるたびに駅の名を問ふ母の掌にくれなゐ薄き鱒寿司を載す

いづこかへ歩みはやめてゆく母よ　そんなに急いだら追ひつけないでせう

母ひとりとり残されしふるさとよ　ふりむけば暗く海ふぶきゐる

もういいかい　未だ訊かざり　もういいよ　未だ言はざり歳あらたまる

千年の区切りめにさす初ひかり　そよげるもののひとつに老母(はは)も

天地いまだ生(な)らざりし世の空のいろ　思はせて雪とめどなく降る

鶴

その嘴（はし）に卵ふたつの位置変へて鶴はおもむろに座り直せり

鶴の歩むリズムにあはせて動くこと鶴の飼育のはじめと言へり

こまやかに嘴先使ふ檻に聞く雛をやしなふ丹頂のこゑ

仔兎ほどの雛をやしなふ鶴ふたつ嘴を寄せあふ　少しよごれて

まだ立てぬ雛をまもりて夕光に灯れるごとし鶴の立てるは

ほつたりと枇杷熟れてゆく　舅も父も祖父も水無月雨の日の死者

ヒマラヤを越ゆる群れあり檻にゐて翔ばざるがあり　鶴に生まれて

郭公

暮るる天を羽撃(はばた)かずゆく一羽あり　地(つち)ははげしき風に揉まるる

痛む腕(かひな)おき処なければ胸におく　重けれど心の在り処のあたり

なさむ何かこの世にありてとりとめし命か　術後のはじめての水

身の疼くつらき時間の中に在り　さすりてくるる手のあたたかさ

耐(こら)へがたく傷うづく夜は電子辞書に慈悲心鳥を啼かせてゐたり

朝空に郭公　つばくろ　四十雀　いのちあるもののこゑ光りたり

魂まで領してゐたる身の痛み　うすれてひとの言葉聞こゆる

ギニョールのごとく病み臥して耳さとく聴きをりつばくろ帰りたるこゑ

病みて十日こころすべなく萎ゆる日の山鳩のこゑ力満ちたり

落ちこんでゐる隙(ひま)はないといふこゑす　この世は花がもう散つてゐる

ひとは頭(づ)より生まれて脚より衰へてゆくとふ　あはれその脚を病む

病みつぎていくばくか死に近づきたらむ　杖をふるひて鳳仙花散らす

朝空に郭公鳴けり病むわれに吉事(よごと)を運ぶこゑと思へり

二日鳴き今日は鳴かざり　郭公の三拍子のこゑ待ちて臥しをり

山暮れて

山古志は棚田　棚池　段段畑　秋陽のなかに曲線を積む

稲架低く稲束にほふ山古志村　棚田の畦の傾きを踏む

蓋をするやうにすとんと山暮れて星の近さよ　また冬がくる

この里に三年住みにき父母はらから在りし日の幸探しにゆく

鳥は嘴より

夫はいま雪国のわらし　幾度もカーテンを開け積む雪を見る

鳥は嘴(はし)より人は頭(かうべ)より生まれくる　つくづくと重し頭といふは

わが指をしばし吸ひゐし鯉の沈み池の面(も)の月扁平となる

この星の地震(なゐ)の二割は日本といふ　生きて六十度めの結婚記念日

踏みあてて跳びのきしはわれ　ゆつくりと蟇の隠れてふたたびの闇

風邪の子とやもりの行方目守(まも)りをり湯が湯ざましになるを待ちつつ

母さんと呼ばれてゐたる日は過ぎぬ　侮にも悔にも母の文字あり

炎天の村の総出の〈よいとまけ〉母と引きたる綱を記憶す

支ふる手用意をしつつ病む夫の小さき歩幅に添ひて歩めり

筆談のボードに夫へ〈おはやう〉と書くときやさしひらがなの文字

リハビリにわれもまじれば夫が笑ひリハビリの輪に笑ひひろがる

彼岸花

たはやすく折れて匂はぬ彼岸花　この世思はぬあとさきのある

逆縁はかなしきものを。残されし老いふたり夜をしはぶきやまず

地震のごとく訃は来たりけり老いふたり君の別れに間にあはざりし

いにしへに魂招ばひ鳥になりしとふ　武蔵国原暮れしづみたり

昨日父を亡くせし兄妹母を囲む。遠蟬のこゑうるむ夕ぐれ

のみこめる涙がにがし　柩守る耳底に蟬のこゑ溜まりゆく

長生きは逆縁(さかさ)に遭ふと百歳の祖父が嘆きし　今日夫が言ふ

月さして低き家並の影ふかし　なきがらに添ひ帰り来し町

夏の雨

支へられ呆然と佇つわがかたへ黒衣のひとらいそがしく過ぐ

もろもろを終へたるのちに泣くときめて喪主をつとむる娘にそひて立つ

数組の葬儀進みゐる斎場のひぐらしのこゑ熊蟬の声

両手の花入れて末の子のしやくりあぐ　柩に父はそを聞きてゐむ

眼鏡まで花に埋みて友あまた教へ子あまたに送られゆけり

五人の子いつくしみ幾度抱きし手か　長き指組みその胸におく

在りし日をなべて過去形に語られて死者ひとり過去のひととなりゆく

薄衣（うすぎぬ）をまとへるごとき蝕の月　父の亡き子のメールやさしき

生き残れるものは集ひて夕餉囲む　蠟の火消して蠟にほふ部屋

遺品となりし父の黒革の腕時計二の腕に捲き少女立居す

街灯の錐形の灯にしろじろと斜線ひくごとく夏の雨降る

父の座に父在らぬ家さみしさをつつみて夏の雨ひびき降る

喪の家にかかぐる吉事(よごと)　あらたまの年のはじめを風花の舞ふ

羽を得しもの

われに昭　弟に和と名付けたる父よ　昭和も弟も逝きぬ

葉に透きて殻脱ぎてあり脱ぎて羽を得しもののこゑ木立より降る

出口のみのこの世と思ふ身のめぐりわれより若きがつぎつぎに逝く

へだつとも姉と弟挽歌いくつ作りても作りてもひとは帰らず

萩は母　コスモスは父　花咲けばこの世に逢へぬひと思ひいづ

骨揚げとふせつなきことを人はするこの秋三たびわれは拾ひぬ

婿、友、義弟、弟、つぎつぎ見送りて好む色より黒を除きぬ

くらぐらと畦埋むる夜の曼珠沙華　逆縁をいまだ受けとめきれず

モーターボート切り裂きてゆく明けそめて一枚の箔と見ゆる湖(うみ)の面(も)

椿散つてくれなゐを積む　逆縁に身の芯削がるるごときゆふぐれ

子守歌

眠られぬわがため子守歌くちずさむ窓に夜明けのひかり来てをり

二人ゐてふたりたわいなく笑ふこゑこの世の時間を木犀にほふ

血圧六十二　脈三十七　妻われに緊急呼び出しまつすぐに来る

峠やうやく越えし朝明（あさけ）の咳を聞く　たまきはる汝がいのちあるこゑ

裏口も非常口もなき介護の日日　ひかりゆたかに柚子実りゆく

七夕かざり作るときほひさざめけり今日のリハビリ未来をひらく

車椅子押してめぐりゆく心電図、採血、レントゲン、待つ時ながし

象　駱駝より乗り心地きつと良い　秋の日われの押す車椅子

介護とは待つこと　穿くまで　飲みこむまで　釦かけ終るまで　一日ながし

涯(はたて)見えてつくづく見返るこの道のほか無かりしか　無かりけむ夫よ

重ねあふふたりの時間を介護と呼びおろし林檎をわかちてをりぬ

恃みつつ恃まれつつをればまだひらく未来あるごとし　明け鴉鳴く

明日のため眠らむとする窓の外さくら散りつぐ夜の気配す

声出して読めばこころにしみとほる　後鳥羽院の月　西行の月

いのち生(あ)るる不思議　いのちの畢(をは)る不思議　水藻ゆらして緋目高孵る

池の辺に蛇籠並べて人去りぬ　背骨透きつつ目高群れくる

日本史に不意打ちによる勝ち多し討たれしものの悔いは誌さず

ふたりの時間まだ残れるや紙飛行機ベッドにときどき夫が笑へり

紫式部逝きて千年　古寺の花の便りのはるばるとどく

春なれば

水ぬるむ水面（みなも）に揺るる空の奥　頭ばかりの蝌蚪湧きあがる

一生（ひとよ）この池を出でざるいのちもて鯉が口開くのどふかくまで

池の面のわが影のなか手花火のごとく目高の群れはじけたり

伐られたる紅梅の枝三日経て花咲きたり積まれたるまま

池広し　空を突きゐる水鳥の嘴のさきよりさざなみ生まる

雀らのさやぐは蛇の来ゐるらし雪消え果てし納屋のあたりに

責められてゐるより責めてゐるわれのうとまし　爪まで幾度も洗ふ

悔いのなき生などあらじ日おもてより葉裏に仰ぐ紅葉目に沁む

曼珠沙華夜も咲（ひら）きて濡れてをり　母の忌日の月のひかりに

たづさへて共に老いたりすぎゆきのいづこにももう戻りたくなし

〈また来ます〉〈またとはいつか〉問ひかへす夫の眼差し抱きて帰る

デモルフォセカ　チューリップ　クロッカス　日の暮れを低きより閉づ明日咲く(ひら)ため

新しきブラウスを着る　春なれば歩けるうちに歩ける場所へ

白紙

眠れざりしまま凍てしるき夜の明けて白紙（しらかみ）のごとき時間来てをり

壊れもののごとく車椅子に移されて呼べばはつかに夫はほほゑむ

「ぼくはもう家には帰れない」穏やかに言ひて目を閉づ　沈丁花(ぢんちやう)匂ふ

ひと日生きてふたりの時間積みてをり剃りやりし頬すこし湿れる

選ばれて病むと思ふまで病みつぎて夫の病名六つとなりぬ

麻痺やがて嚥下（えんげ）に及ぶを言ふ医師のしづかなる声背をたてて聞く

六つめの病名〈進行性核上性麻痺〉難病指定を夫には告げず

ホスピスの花壇に水を遣る老女　小さき冬の虹たちにけり

ホスピスよりコーラスのこゑ流れくる閉ざせる窓に冬陽あまねし

「待つて。ぼくもいつしよに帰る」と言ふ夫を病室におき日ぐれを帰る

特別養護老人ホーム

いのちありてさすりてをれば麻痺もてる夫の手あはれぬくもりてくる

余命といふ未知の時間を生きてをり　何を言はば夫のこころにとどく

風邪病みてひと日臥しつつ思ふなり骸（むくろ）さらさぬけもののこころ

いつせいにひるがへる群れ後ろへは翔ぶことのなき鳥を仰げり

夫の籍ホームに移せり広くなりし部屋に幼がフラフープまはす

夫のベッド片付けて床（ゆか）に残る痕拭きつつ落つる涙拭はず

電動ベッド返却（かへ）してひろき床のうへ木琴のごとく木洩日うごく

幼子の帽子に止まる赤とんぼ翔ちてちひさき光体となる

介護さるるつらさに触れず処置をへし夫が穏やかに〈ありがたう〉と言ふ

風の夜をふりむけばひとり　夫を託すホームは消灯時間なるべし

陽あたりて夫のをらざる夫の椅子不在明るく鳥影よぎる

九十五歳

梔子は夜も匂ふ花　病むひとにつね待たるるに支へられゐつ

ドアのなき病室明るし嫩葉（ふたば）ほどほほゑみて夫は〈おかへり〉と言ふ

かたはらに在ればやすらぐとふ病むひとに支へられゐるわれと思へり

医療いまだ届かぬ麻痺を病むひとに呪のごとく言ふ――大丈夫よ――

病院食と手づくり弁当と　ふたりして祝ふ九十五歳夫の生まれ日

九十五年の生涯に他に語らざるインパール戦線の三年があり

しづくして雨に傾(かし)げる曼珠沙華　面会中止十日となりぬ

夜半覚めてみればひとりなり窓をうつ雨の音して夫のをらざる

明日へ

緊急入院震ふ夫の手握るのみに霧湧くごとく日暮れきてをり

夫生きてゐる音のかそけさ　スプーンの震へカップに触るるさびしさ

ふはりふはり　指より翔ちし赤とんぼ　重さ見てをり　撓(しな)ふすすきに

啄木鳥の鋼嵌(う)つごとき音聞こゆ　点滴終へて窓をひらけば

やがて来む日を思ひつつ木槿あふぐ　いま散りし花　明日ひらく花

夕されば閉づるクロッカス明日ひらく力溜めつつ眠らむ夫よ

〈また明日(あした)ね〉うなづかせて夜を帰りきぬ　夫よかけがへのなき時が過ぎゆく

初捥ぎのあをき林檎を掌にのせて灯ともすごとく夫が笑へり

もの言へば応へ笑へば夫も笑ふ手のあたたかさ抱きて帰る

やがて来る〈さよなら〉言ふ日　今日は病むひとに手を振る〈またあしたね〉

ぽつねんと車椅子あり　かぐや姫昇天の夜のごとき満月

あとがき

『つき　みつる』は『花のとびら』に続く私の第二歌集になります。世に言う〈老老介護〉十年間の作品を主に、四百五十二首をまとめました。

元気だった夫が転落事故のために重傷を負って二ヶ月入院し、退院と同時に在宅介護となり生活が一変しました。が、夫は一度も愚痴や不満を言わず、鬚を剃っても食事の介助をしても穏やかに「有難う」と言います。その「有難う」に支えられてきた十年と言えるかもしれません。一番つらいのは介護される人ですから、少しでも楽なように、喜んで貰えるようにとささやかな努力を重ねてきたという点で、介護の歌も相聞に通じるところがあるのかもしれません。介護するのはつらいけれど、つらいばかりではない。違う見方もあると読む方に思って頂ければ幸いです。

この度、岡野弘彦先生に「歌集をまとめるように」とお奨めいただき、帯に作品二首を賜りましたこと、望外の喜びでございます。これを機に初心に還り、熱い心で自分の歌を詠んでいこうと心に決めております。

歌会に殆ど出席できない私を欠詠しないように励まし続けて下さった「晶」「しろがね歌会」の歌友の皆様に、心からお礼申し上げます。

ここまで来られたのは生活全般にわたって心を運び、私達を支え続けてくれた家族、娘たち家族のお蔭と心から感謝しております。

最後になりましたが『つき　みつる』刊行にお力添え下さいました角川文化振興財団『短歌』編集長の石川一郎様、編集部の打田翼様に厚く御礼申し上げます。有難うございました。

夫の余命と示された時間はとうに過ぎました。この世の残り時間、かけがえのない時間を二人で大切に生きたいと思っております。

二〇一八年二月八日

志野　暁子

著者略歴

志野暁子（しの　あきこ）

1929年　　新潟県に生まれる。
1975年　　作歌を始める。「人」短歌会に入会、岡野弘彦先生の指導を受ける。
1981年　　「花首」50首により第27回角川短歌賞受賞。
1995年　　歌集『花のとびら』上梓。
1995年　　「人」短歌会解散により季刊同人誌「晶」に参加。現在に至る。
2012年　　「しろがね歌会」に入会。

現住所　〒184-0003　東京都小金井市緑町5-11-2　本名　藤田昭子

歌集　つき　みつる

2018（平成30）年7月25日　初版発行

著　者　志野暁子

発行者　宍戸健司

発　行　一般財団法人 角川文化振興財団
〒102-0071　東京都千代田区富士見1-12-15
電話03-5215-7821
http://www.kadokawa-zaidan.or.jp/

発　売　株式会社 KADOKAWA
〒102-8177　東京都千代田区富士見2-13-3
電話0570-002-301（カスタマーサポート・ナビダイヤル）
受付時間　11:00 〜 17:00（土日 祝日 年末年始を除く）
https://www.kadokawa.co.jp/

印刷製本　中央精版印刷株式会社

 ISBN978-4-04-884195-5 C0092